JN194362

句集

尺蠖の道

堀切克洋

Horikiri Katsuhiro

文學の森

尺蠖の道／目次

装丁　宿南　勇

句集

尺蠖の道

しゃくとりのみち

I　寒灸

てのひらを薄氷として持ちかへる

恋猫のたとへばかの子ほどの恋

さんずいのものことごとく凍返る

耕牛の一歩に変はる土の色

迷ひ猫の写真も貼られ種物屋

生まれ日の春泥ひかりごと跨ぐ

涅槃図の川となるまで象が泣く

しゃぼん玉地球の色の定まらず

消しゴムを切ればまつしろ水温む

一粒の雨にせはしく蝌蚪の国

芯折るる音またひとつ大試験
後戻りするもまたよし青き踏む

尻餅をつけば冷たき蓬かな

卒業の日の雲呑のやうな雲

花こぶし落ち来て画布の白きこと
ふらここを風に攫はるるまで漕ぐ

囀や末法の世のかくも晴れ

うみうしの取り残さるる磯遊

蘖のあはひに小さき風生まる

もう父が休んでゐたる汐干狩

コカコーラぬるき昭和の日なりけり

眼鏡屋にめがねの数の夏来る

母の日の永遠といふパーマかな

くしやくしやの艶書のごとき白牡丹

雨蛙葉を揺らさずに葉のうへに
あぢさゐのきのふの色を忘れたる

ふんどしの近づいてくる祭かな

この清水よき酒となり蕎麦となり

階段を軋ませてくる夏料理

はんざきの肘直角に来りけり

追分の風も二手に夏柳

鮓飯をあふぎて遠き山暮るる

打水のあと足音の変はりけり

箱庭に銀河のごとく細石

背泳ぎの空の青さを折り返す

前線も銃後も鉄砲百合ひらく

木登りの子らは晩夏の家路へと

蠍座を掠めて真夜の捕虫網

蟬時雨もはや豪雨といふほどに
月ひとつほどの明るさ走馬灯

施餓鬼棚ひとの高さに置かれけり

かなかなや塗ればすうつとする薬

終戦の日やよく歩きよく笑ふ

とんばうに叩かれてまた水眠る

鏡台が散らかつてゐる厄日かな

みちのくの稜線を研ぐ雁渡し

弁慶の笈ぞゆかしき秋の寺

桐一葉落ちて見つかるかくれんぼ

つくばひや鱒ひとつなき秋の水

間引菜の籠いつぱいの軽さかな

柿簾までを遮るもののなく

待針の色とりどりに小鳥来る

運動会抜けて兎の餌やりに

縄文の遺跡そびらに鮭のぼる

卑弥呼よりポツダムまでを夜学かな

胡桃割るひとの眉間に皺の寄る

ドロップの色また同じ神の留守

公園の子のことごとく冬帽子

燐寸の火ほどの冬芽が二つ三つ

抱くやうにホルンを吹けり社会鍋

徘徊をせし湯湯婆の見当らず

拍子木の遠のいてゆく竈猫

父母のどちらにも似て初鏡

門札のまづ犬どうし吠えあへり

整ひてどこかをかしき福笑

晩成といふはいつまで寝正月

祈りよりはじまる里の寒造

河豚食ふや官官接待ありし街

父の背を所狭しと寒灸

雪だるま瘦せず小さくなりゆけり

Ⅱ 福耳

紅梅を絵筆の先にふくらます

浅はかな一夜もあらむ猫の恋

鳥ごゑに濡れはじめたる薄氷

公魚を引く根の国につづく穴

三椏の花をふるはす竹箒

春闘の隅に重ねしままの椅子

とはいへど楽しきことも二月尽

ひと渦に菠薐草の茹であがる

岩海苔を掻くや足場を増やしつつ

啓蟄の書類の山を抜け出せず

花種を選る恋人を選るやうに
空鋏して春光の満ちてきし

古書店の主人は何処うららけし

お嬢さんを下さいといふ大試験

福耳を囃されてゐる新社員
その中にやたら大きな巣立鳥

車座のはやもいびつに花の宴

砂を吐く浅蜊に余罪あるごとく

衣更へて何処か見透かさるる心地

人の世を掠めて空へ夏つばめ

鎌倉も青ざめ梅雨に入りにけり

百選に漏れたる水の滴れり

ががんぼよ其処は嘆きの壁でなし

昼顔の透けさうでゐて透けぬ色

正眼に構へて蠅に逃げらるる

階に差しかかりたる日傘かな

葛餅の蜜ことごとく零れ落つ

ポロシャツの胸に鰐飼ふ暑さかな

浪華八百八橋のいくつほどが虹

辻は風ぶつかるところ鉾まはす

海豚跳ぶとぶ夏空に触るるまで
どちらかといへば汗かく人が好き

旅終はる白靴に傷また増やし

大くらげ月のひかりをうらがへす

捕へしを晩夏の風に戻しけり

相槌の多きひとなり秋扇

銀漢の尾までみづみづしく光る

枝ぶりの風通りよき白露かな

古書括る紐のゆるんでゐる残暑

颱風の目のただなかで愛しあふ

コスモスの倒れしままといふことも

待宵や闇夜のやうな猫を抱く

折鶴は羽を休めて雨月なる

桐一葉いつもの位置に易者来て

しばらくは鹿臭きまま古寺巡る

仏塔の木目を深く秋の雨

白無垢のやうなる菊の買はれゆく
露の玉こはるるまでを歪みけり

色鳥や神話の国に来てあそぶ

ひよんの実を出雲の風に鳴らしけり

鳥影も声も映して水澄めり

寝返りを打たせるやうに秋刀魚焼く

まじまじと見て毒茸でありしこと

冬近し砂場に子らの落城史

イヤフォンをはづし夜寒の音を聴く

曾根崎の心中の地に木の実降る

結局は平均的な熊手買ふ

大根のおでんが好きで国憂ふ

闇鍋の闇を臓腑に流し込む

臘八の廊下軋まぬやう歩く

義士の日の呼子笛めく風の音
ひらひらと羽子板市についてゆく

恋もまた虚実のあはひ近松忌
服脱ぎてサンタクロースになるところ

熱燗や師より聞くその師の話

歳晩の築地はみだす酢蛸かな

国引のごとく雑煮の餅をひく

結び目の確とありけり猿廻し

留学の決まればパリを恵方とす

この風より寒に入りたるかもしれず

どんど火を逃げ神鶏の羽づくろひ

重心のすぐに定まる寒卵

どの花も影をもたざる寒椿

凍蝶のよみがへるまで日を溜めよ

Ⅲ　影ふたつ

春節の龍の鱗を零しゆく

木の芽風ふるさとひとつのみならず

春寒のモスクくるぶしまで洗ふ
人の影ふたつ映りて水温む

白木蓮の反りそのままに散りにけり

復活祭ジャムの中より種が出て

フランスのポストは黄色夏近し

それぞれに影抱きあふ若葉かな

眉庇の馬車の行き交ふ街薄暑

軽鳧の子の水の暗きに戻りけり

夏めくや貝のかたちのパスタ茹で

蝸牛しづかに泡を吹きにけり

睡蓮の葉まで水輪の届かざる

水よりも水の色して糸蜻蛉

ラマダンの始まりを告ぐ花柘榴
薔薇園の殊に野ばらの白きこと

花束のやうなる薔薇にみな触れゆく

夏帽をおさへ舳先の風に入る

まだ誰の躰も知らぬ水着かな

ゆすらうめ小さきを小さく食みにけり

巻尺のやうにするりと蜥蜴の尾

氷菓舐め三つの色の混ざりあふ

丘あれば丘のかたちに麦を刈る

白靴のまだ吐く地中海の砂

シャンパンの函は柩に似て晩夏
朝霧に濡れきつてゐる石の街

河畔よりエッフェル塔と名月と

教会の鐘にはじまる葡萄狩

冷ややかに百科全書の革表紙

巡礼の歩の高さなる野菊かな

絵硝子にしづかな祈り冬隣

水脈消えしころ浮きあがる鳰

王宮のどこまでつづく冬木立

教会の椅子あまたなる寒さかな

マカロンの色とりどりに冬ぬくし
とりあへず着ぶくれですと言つておく

降誕の日を待ちわびて冬木の芽

きらきらと水を吐きたる海鼠かな

神の子の歯の欠けてゐる聖夜劇

教会の窓のひかりの煤払ふ

初夢の遠流の果ての目覚めかな

手箒といふ文机の初掃除

誰も傷つけぬ棘もて冬薔薇
よく喋るひとなり毛糸編みながら

寄る辺なき鳥の来てゐる樹氷かな

時差ぼけの身ぬちに通す寒の水

Ⅳ　桜餅

東大はごつごつとして春寒し

書肆の灯を乞うて恋猫戻りきし

白魚の目のなき方が尾なりけり

種袋振ればまだまだ眠さうな

涅槃像の肘のあたりで待ち合はす

死化粧のごとき紋白蝶来る

旧駅舎跡形もなく乙鳥も

漲れる水綻びて蝌蚪生まる

起き出して春分の日ももう半ば

妻となる人とわけあふ桜餅

エイプリルフールの時計巻き戻す

このへんが玄関らしき花筵

鳥雲に結婚離婚すべて紙

永き日をたつぷり使ふ御柱

這ひあがるときに亀鳴くかもしれず

藤棚に明るき出口ありにけり

巻尺の巻き戻りよき夏隣

花は葉にまだ肩書きのなき名刺

天日を余さず隠し朴の花

母の日の母に訊きたる父のこと

青梅の山と積まれて崩れけり

胎の子に誘はれたる昼寝かな

父の日の頰に逆らふ三枚刃

短夜の鶴いちまいの紙屑に

噴水のよろめきて芯うしなはず

もう腹が減つてをるなり昼寝覚

しんじつは人の数だけチェーホフ忌

鷺草の羽を休めてゐるところ

大奥の犇めきあへる立版古

夜濯の渦となりたるワンピース

子のすでに人のかたちに星今宵

茗荷の花咲く一日を何もせず

無理数の永久へとつづく星月夜

新豆腐押せば滲みだす嵯峨の水

対岸の犬に手を振り天高し

やはらかきところばかりを秋の蚊に

名月に近づいてゆく昇降機

梨を買ふついでにひとつ洋梨も

胎の子の大き寝返り秋うらら

湖心よりふと現はるる秋の蝶

駅弁の蓋ふくらめる栗御飯

蛇口みな運動会の空を向く

紙相撲色なき風に倒れけり

ハロウィンのお化けのままに眠りをり

茶の花のにほひ夕間暮れのにほひ

畳まれて沖とほくある屛風かな

舶来の書の背揃はぬ漱石忌

霰降る妻の小言のごとく降る

裏返してみても海鼠は海鼠なり

寄鍋の戸惑ふ蓋の置きどころ

履歴書をまた書き直す褞袍かな

臨月の身のをさまらず初鏡

買初の筆の尖りをほぐしけり

啄めるものを御空へ初鴉

ラグビーの天地遍く使ひけり

大寒の産湯に触れてよき加減

母子ともに健康寒波来れども

日脚伸ぶ舟のかたちに赤子抱き

V 水湊

みどりごの爪やはらかき二月かな

春雪となるかもしれぬ待ち合はせ

梅の香のほのと赤子の目覚めけり

蟻穴を出でて起伏のあるところ

春一番吹きて産着の届きけり

石鹼玉あまねく生まれたての色

背の高き父に抱かれ雛の市

ワインの名刻まれてゐる巣箱かな

朧夜の赤子の肌のよくにほふ

衣擦れの音を名残に雛納

褒めるより先に褒められ花衣

島々のごと大小の花筵

胸に抱く子と春眠をわかちあふ

夫として妻の朝寝を妨げず

桜散る墓誌に余白のあと僅か

遠足の草のにほひの服洗ふ

赤子よりまだまだ軽し茶摘籠

食初めの鯛のしろがね夏来る

行先を食べはじめたる蝸牛

短夜は贔屓の絵本閉ぢてより

風が風また追ひ越してゆく夏野

真犯人探して紙魚も走り出す

尺蠖の道ひろびろと使ひけり

逃ぐる子を木下闇まで連れ戻す

夜濯のおほかたは子の涎掛

該当者なし特等の冷蔵庫

鰻重の屋号掠るる蓋のうら

川の字の幅の広がりゆく昼寝

省略がよく効いてゐる冷奴

滝音を耳より胸で聴いてをり

暮れてより草市らしくなりにけり

蝗煮てくれしことなど七回忌

菊なます余力残して絞りけり

足裏に床踏むちから獺祭忌

蒼天に触れきし竹を伐り落とす

初紅葉団子坂にて団子買ふ

山ことば飛び交つてゐる薬喰

鵟《のすり》舞ふ枯蘆の風昂らせ

着ぶくれて七人がけに七人が

鮟鱇の骨をあつめて鍋終はる

梟に世の行く末を尋ねけり

抱きあぐる子の重さにも去年今年

読初の童話の国の雪しづる

宝船猫に踏まれてしまひけり

記念日のまたひとつ増え初暦

新札の顔に皺なき寒さかな

逞しき赤子のおなら日脚伸ぶ

かたまりとして水仙の香の届く

寒紅の妻にまた言ひくるめられ

水洟を垂らし未来をかがやかす

跋

堀切克洋氏が俳句を学び始めたのは二〇一〇年、二十七歳の時だという。私が経営する神田神保町の居酒屋にふらりと寄ったのが始まりであり、以降七年間の句業がここに集約されている。

俳句という文芸は、蓄積した人生経験や修練の長さがものを言う表現様式であると思っている。そのため若年層は経験の浅いぶん、想像力を駆使し、無垢な感性を訴える作句方法となる。加えて頭脳明晰な若者であれば、学習力で補う。短い人生経験であっても、鮮明な記憶力をもって万象を脳内に取り込み、消化吸収し、印象を増幅あるいは純化させて我がものにしていく。堀切氏もそうした想像力と知力を発揮できる勝れた若者のひとりである。いやそればかりではなく、氏は出発点から日本文学の根底にある「言霊」の力を理解していた節がある、と私は思っている。

本句集には写生句、機知句、滑稽句、抒情句、人事句……と幅広い要素を含んだ句が林立している。もちろんそれらの要素は一句に一つずつというわけではなく、句集全体に複合的に組み込まれているものであり、明確な分類はできないが、私なりの観点で解読してみたい。

階段を軋ませてくる夏料理

写生句である。川縁の風通しのよい座敷に通され、やがて料理が運ばれてくる。「軋ませてくる」の把握が句の眼目で、木造の狭い階段であること、運んでくるのは和服の仲居さんであること、料理は氷や笹などをあしらった美しい器に盛られていることなどが、この措辞だけで読者の想像を呼ぶのである。一段ずつ上る階段の足音も違うことがわかる。「物に語らせる」という写生の技法を基盤に置いて、独自の研ぎ澄まされた感性を添えている。早くから俳句の骨法を身に付けているので表現が揺るがない。同類の句に次のような作品がある。

露の玉こはるるまでを歪みけり

打水のあと足音の変はりけり

辻は風ぶつかるところ鉾まはす

紙相撲色なき風に倒れけり

さて次は、機知句である。

卑弥呼よりポツダムまでを夜学かな

受験時代の回想句であろう。日本史の邪馬台国の時代から近代の敗戦までを、鉈で切断したように省略して提示した手法に機知が覗く。同類に次のような作品があるが、いずれも下五の部分で読者の予定調和の連想を裏切るところが手腕である。

このへんが玄関らしき花筵

桐一葉落ちて見つかるかくれんぼ

行先を食べはじめたる蝸牛

次の句を私は一種の滑稽句として読んだ。

母の日の永遠といふパーマかな

パーマ（パーマネントウェーブ）に永遠ということはない。定期的に美容院に行かないと保てないし、年を取れば髪の量も減る。だが、あえて「永遠」と言ったところが高度な俳諧味であり、母として最も美しい時の肖像画を記憶に残したのである。このような哀感を含んだ滑稽句に次の作品がある。

もう父が休んでゐたる汐干狩
梨を買ふついでにひとつ洋梨も
徘徊をせし湯湯婆の見当らず

次は、感性の鋭さを全面的に出した句である。

紅梅を絵筆の先にふくらます

紅色の絵具をたっぷり含ませた筆先だけを詠んでいるのだが、作者の眼前に満開の一樹が存在することは明らかである。このような感性の良さを発揮した同類の句として次のような作品がある。

消しゴムを切ればまつしろ水温む
花こぶし落ち来て画布の白きこと
鳥ごゑに濡れはじめたる薄氷

以上、堀切俳句の特質を概観してきたが、私にとっての集中の白眉は次の二句である。

ワインの名刻まれてゐる巣箱かな

シャンパンの函は柩に似て晩夏

ワインの運搬に使った木箱が形を変えて巣箱になる。ワイン名や産地の表示の焼印の残っている箱が命を育む巣箱に再生するという意外性のある着眼が新鮮である。二句目も酒の箱なのだが、シャンパンの化粧箱を「柩」のようだと見立てた感覚は只事ではない。「晩夏」の季語の斡旋も見事である。パリ留学時代の俳句の面での成果である。フランスの文化や生活が身に付いた上で、根本のところでは俳句的表現を遵守しており、氏の座標軸は微動だにしていないところが心強い。

堀切氏は、本業の演劇界では既に斯界で注目されている新進気鋭の評論家である。俳句評論の面でもすでに「俳人協会新鋭評論賞大賞」を受賞している。このたびは若手俳人の登竜門である「北斗賞」を受賞し、三十代前半にして幸先のよい出発を果たしたことを祝福したい。

だが、俳句の道程は簡単なものではない。途中で消えていく若手俳人も少なくない。三十代半ばともなれば、このあとは人生の襞が物を言う世代に入っていくことになる。慢心することなく、良い人生を歩んでもらいたい。

二〇一八年五月

伊藤伊那男

あとがき

　東京・神保町の交差点から一本裏に入ったところにある銀漢亭という店で、毎月第四月曜日の夜に「湯島句会」という超結社句会がひらかれていた。演劇批評の先輩である谷岡健彦さんに誘われるがまま、最盛期は百名以上が出句をしていたこの句会で俳句をはじめてから、七年半という時間が過ぎた。この間、私は大学で研究助手を務め、フランスの大学院に留学し、帰国後は大学で教鞭をとらせていただくようにもなった。私生活では結婚をして、娘も生まれた。

　俳句をはじめて間もなく、銀漢亭のマスターである伊藤伊那男氏を主宰とする「銀漢俳句会」が設立されたというタイミングのよさが、今日まで愉しくかつ真剣に俳句をつづけてこられた最大の要因である。酒場という開放感が、結社や師系を問わず、さまざまな俳句仲間と私を結びつけてくれた。かれらとの句会や俳句談義のひとつひとつが、いつも新しい視角をひらいてくれる。

本書は、株式会社文學の森が主催した第八回「北斗賞」の受賞により、同社の援助を受けて刊行された。句集をまとめるにあたって、編集部の了解のもと、受賞作「尺蠖の道」一五〇句にほぼ同数の句を追加し、再構成をして上梓させていただいた。選句においては、伊藤伊那男主宰、谷岡健彦氏に加えて、創刊時から「銀漢」編集長を八面六臂の働きで務められている武田禪次氏、そして入会以来ずっと懇切な指導をいただいている杉阪大和氏に貴重なアドバイスを頂戴した。伊那男主宰には、身に余る跋文もいただいた。この場を借りて、感謝申し上げたい。

また、「北斗賞」に推してくださった審査員の先生方、横澤放川、鳥居真里子、山本素竹の三氏にも改めてお礼を申し上げたい。幸いにも三度目の応募で受賞が叶ったが、一点差で賞を逃した最初の応募のとき、審査員を務められていた小島健、浦川聡子、木暮陶句郎の三氏の的確な選評にもまた、勇気づけられたことを申し添えておく。

本年五月に行われた贈賞式の場では、「救いのある言葉が多く見受けられる」と鳥居氏より選評をいただいたことが最も印象に残っている。この指摘が、東日本大震災の直後から本格的に俳句をはじめたことと、どれほど直接的な関係があるかはわからない。ただ、作り手として確実に言えるのは、季題を通じて世界と向き合うとき、原発事故以後の故郷の現在を思わずにはいられないということである。冒頭の章には、そうした経緯をふまえて、郷里を詠んだ句を多く収めた。

Ⅰ・Ⅱは、俳句をはじめて間もないころに詠んだ句が中心となっているのに対し、Ⅲには、二〇一三年から二〇一五年までの留学時代の句を収めた。この期間、フランス在住の句友や歌友にも恵まれ、二年間にわたってパリという歴史ある街で月例吟行会を主宰できたことは、私にとってかけがえのない経験となっている。つづくⅣには、二〇一五年十二月の帰国から二〇一七年一月に娘が生まれるまでの句を収めた。したがってⅤは、私の子育て奮闘記の一部始終でもある。

本句集の出版にあたっては、「文學の森」の書籍編集担当である齋藤春美さんの手を煩わせた。「北斗賞」担当である加藤万帆美さんには、受賞時よりお世話になった。おふたりにはこの場を借りてお礼申し上げたい。

そして、句集を手にとってくださったすべての皆様に感謝いたします。

二〇一八年五月吉日

堀切克洋

著者略歴

堀切克洋（ほりきり・かつひろ）

1983年　福島市生まれ
2011年　「銀漢」入会、14年同人
2014年　第６回石田波郷新人賞奨励賞
2015年　第６回北斗賞準賞
2016年　第３回俳人協会新鋭評論賞大賞
2017年　第８回北斗賞

俳人協会会員

現在、東京都文京区在住
メールアドレス　horikiri@me.com

句集 尺蠖《しやくとり》の道《みち》

発　行　平成三十年九月十四日
著　者　堀切克洋
発行者　姜　琪　東
発行所　株式会社　文學の森
〒一六九-〇〇七五
東京都新宿区高田馬場二-一-二　田島ビル八階
tel 03-5292-9188　fax 03-5292-9199
e-mail mori@bungak.com
ホームページ　http://www.bungak.com
印刷・製本　潮　貞男
©Katsuhiro Horikiri 2018, Printed in Japan
ISBN978-4-86438-783-5　C0092
落丁・乱丁本はお取替えいたします。